Apreciados amigos y familiares de los n

Bienvenidos a la serie Lector de Scholastic. N
los más de noventa años de experiencia que t
con maestros, padres de familia y niños para crear este progr
que está diseñado para que corresponda con los intereses y las
destrezas de su hijo o hija. Los libros de Lector de Scholastic están
diseñados para apoyar el esfuerzo que su hijo o hija hace para
aprender a leer.

- Lector Primerizo
- Preescolar a Kindergarten
- El alfabeto
- Primeras palabras

- Lector Principiante
- Preescolar a 1
- Palabras conocidas
- Palabras para pronunciar
- Oraciones sencillas

- Lector en Desarrollo
- Grados 1 a 2
- Vocabulario nuevo
- Oraciones más largas

- Lector Adelantado
- Lectura de entretención
- Lectura de aprendizaje

Si visita www.scholastic.com, encontrará ideas sobre cómo
compartir libros con su pequeño. ¡Espero que disfrute ayudando
a su hijo o hija a aprender a leer y a amar la lectura!

¡Feliz lectura!

—Francie Alexander
Directora Académica
Scholastic Inc.

Gus tiene miedo

LECTOR DE SCHOLASTIC · 30-100 PALABRAS
NIVEL PRE 1

Frank Remkiewicz

SCHOLASTIC INC.

New York   Toronto   London   Auckland
Sydney   Mexico City   New Delhi   Hong Kong

A todos los chicos que han pasado una noche
entera en una tienda de campaña

This book was originally published in English as *Gus Gets Scared*

Translated by J.P. Lombana

ISBN 978-0-545-45822-1

12 11 10 9 8 7 6 5 4 3 2 1   12 13 14 15 16 17/0

Printed in the U.S.A.   40
First Spanish edition, September 2012

Gus tiene una nueva
tienda de campaña.

—Sal de ahí —le dice su mamá.

Gus no quiere salir.

Gus lleva juguetes.

Gus juega todo el día.

Muy pronto se hace de noche.

Y hace frío.

Gus va a dormir aquí.

—Eres valiente
—le dice su papá.

—Muy valiente
—le dice su mamá.

Afuera está oscuro.

Adentro está oscuro.

—Ven acá, papá.

¿Qué es ese ruido?

Gus tiene miedo.

—Hola, mamá.

—Buenas noches, mamá.

Ya va a salir el sol.